CONCOURS POÉTIQUE

DE LA

REVUE DE LA JEUNESSE

POUR 1884

ÉGLANTINES ET PRIMEVÈRES

POÉSIES COLLECTIVES

PRIX : 1 FRANC

EN VENTE

CHEZ E. BICHERON, LIBRAIRIE DU CONSERVATOIRE

25, Rue du Faubourg-Poissonnière, 25

PARIS

1885

CONCOURS POÉTIQUE

DE LA

REVUE DE LA JEUNESSE

POUR 1884

ÉGLANTINES ET PRIMEVÈRES

POÉSIES COLLECTIVES

PRIX : 1 FRANC

EN VENTE

CHEZ E. BICHERON, LIBRAIRIE DU CONSERVATOIRE

25, Rue du Faubourg-Poissonnière, 25

PARIS

1885

PRÉFACE

Le 1er juin 1884, *la Revue de la Jeunesse* ouvrait un grand concours poétique. Trois sujets étaient proposés :

1° *Le Soir dans la chaumière,* romance, dont la meilleure devait être mise en musique et gravée, pour l'auteur en recevoir 50 exemplaires ;

2° *Un Sauvetage en mer*, morceau dramatique ;

3° Sujet libre, au choix des concurrents.

Après un long et minutieux travail préparatoire, indispensable pour le dépouillement des cent cinquante-deux manuscrits qu'il avait reçus, le Comité d'examen s'est réuni une dernière fois, le 10 décembre, pour statuer sur les récompenses à décerner.

Étaient présents : MM. Ali Vial de Sabligny, président; Louis de Peyre et Adolphe Poujol, juges-examinateurs; A. Decq, compositeur de musique, et Henry George, secrétaire.

Après le rejet d'un assez grand nombre de poésies auxquelles, vu leur extrême faiblesse, il n'était pas possible, même avec la meilleure volonté du monde, d'assigner un rang quelconque, voici le résultat publié dans le numéro du 1er au 15 décembre.

PREMIÈRE SECTION

1er prix : M. Louis Oppepin, à Prémery (Nièvre) ;

2e prix : médaille d'argent, gracieusement offerte par *l'Alliance des Poètes de Toulouse*, M. Edmond Sautereau, à Caen (Calvados) ;

3e prix : M. A*** D*** M***, à Cahors, médaille de bronze ;

1er accessit : M. Jules Siouville, au Petit-Quévilly (Seine-Inférieure) ;

2e accessit : M. Maxime Simonnot, à Taverny, (Seine-et-Oise) ;

3e accessit : M. Emile Mossot, à la Sauvin (Yonne) ;

4e accessit : M. le vicomte Henri du Mesnil, à Rennes (Ille-et-Vilaine) ;

5e accessit : M. Joseph Beynet, à Tournon (Ardèche) ;

6e accessit : M. Elzéar Jouveau, à Avignon (Vaucluse);

1re mention très honorable : M. Aristide Saclé, Paris (Seine);

2e mention très honorable : M. B. Trambouze, à Saint-Vincent-de-Rheins (Rhône);

3e mention très honorable : Mme L. Contenet de Sapincourt, à Tiucey (Haute-Saône);

Des mentions simples ont été, en outre, accordées à la poésie non signée et débutant par ce vers : *Déjà l'ardent soleil a voilé ses rayons*, à M. André du Longbois, à Paris; Jules Durand, à Avranches (Manche); Emile Heim, à Valenciennes (Nord); Alphonse Calligé, à Faverges (Haute-Savoie); George Bouret, à Paris, et Ernest Capitain, à Paris.

DEUXIÈME SECTION

1er prix, médaille d'argent : M. Emile Mossot, déjà nommé;

2e prix, médaille de bronze : M. Arthur Castanier, à Lamalou-le-Haut (Hérault);

1er accessit : M. P. Deschamps, à Étampes (Seine-et-Oise);

TROISIÈME SECTION

1er prix, médaille d'argent : M. le vicomte Henri du Mesnil, déjà nommé ;

2e prix, médaille de bronze : M. Louis Oppepin, déjà nommé ;

1er accessit : M. Louis Bonneau, à Lorient (Morbihan) ;

2e accessit : M. B. Trambouze, déjà nommé ;

1re mention très honorable : M. Louis Lecacheur, aux Pieux (Manche) ;

2e mention très honorable : M. Émile Mossot, déjà nommé ;

3e mention très honorable : Mme L. Contenet de Sapincourt, déjà nommée ;

Des mentions simples ont été, en outre, accordées à M. Arthur Castanier, déjà nommé, à la poésie sans nom d'auteur, intitulée : *Regrets,* et à M. Ernest Capitain, déjà nommé ;

Le Comité a apporté dans ses jugements la plus grande impartialité et ne s'est laissé détourner de sa tâche par aucune influence. Ceux qui penseraient avoir été lésés n'ont qu'à s'en prendre à euxmèmes. A la suite de cette délibération, il a été arrêté que toutes les poésies couronnées figureraient dans un volume qui allait être immédiatement imprimé.

C'est ce volume que nous offrons aujourd'hui au public; espérons qu'il voudra bien lui faire un favorable accueil.

Pour le Comité :

Le Président,

ALI VIAL DE SABLIGNY,

Directeur de la *Revue de la Jeunesse.*

CONCOURS POÉTIQUE

DE LA

REVUE DE LA JEUNESSE

Pour 1884

ÉGLANTINES ET PRIMEVÈRES

POÉSIES COLLECTIVES

PREMIÈRE SECTION

Le Soir dans la chaumière

A MADAME ÉMILIE EXBRAYAT

L'ombre descend silencieuse
Des bords lointains de l'horizon ;
C'est l'heure où l'étoile rêveuse
Plane sur l'humide gazon.
Ouvre-toi, paisible chaumière !
Voici, riant comme l'espoir,
Escorté d'amour, de mystère,
Voici venir l'Ange du soir !

Déployant ses ailes légères,
Il berce en leurs nids les oiseaux,
Ferme des enfants les paupières,
Et parfume leurs frais berceaux;
Et sur ces fronts purs qu'il caresse,
Il apporte du haut des cieux
Des baisers d'anges pleins d'ivresse
Et des rêves délicieux!

Puis, dans la paix et le silence
Qui suivent son vol enchanté,
La veillée au chaume commence,
Pleine de charme et de gaieté.
L'aïeul d'une voix attendrie
Conte des récits d'autrefois,
Ou chante la France chérie
Et ses preux aux nobles exploits.

Et les lourds fuseaux se déroulent;
L'aiguille vole avec ardeur;
Et de longues heures s'écoulent
Dans un salutaire labeur...
Alors s'élève la prière,
— Hymne du soir vers le ciel bleu!
Et bientôt la calme chaumière
S'endort sous le regard de Dieu!

Louis Oppepin.

Prémery (Nièvre), 4 septembre 1884.

Le Soir dans la chaumière

O bona pastoris !

REFRAIN

Qu'importe la rafale?
Le vieux chat fait ronron.
Le rouet sur la dalle
Murmure à l'unisson,
Et d'un choc de cymbale,
L'accompagne un grillon.

COUPLETS

1.

Le soir, dans la chaumière
De l'honnête ouvrier
Une famille entière
Se tient près du foyer.
Un grand feu de bruyère,
De boule et d'alisier
Fait trembler sa lumière
Aux meubles de noyer.

2.

Dans un coin, la grand'mère,
Tout en filant son lin,
Sourit au bon grand-père
Qui rentre du moulin.
Sa main offre à son homme,
Pour le réconforter,
Crêpes et vin de pomme,
Qu'il se plaît à fêter.

3.

Leur petit-fils sommeille
Dans son berceau d'osier,
Et sa mère le veille
Sur son tiède oreiller.
Près de sa ménagère,
Au doux cœur, aux doux yeux,
L'homme des champs, le père,
Se sent fort et joyeux.

4.

Jean, assis près d'Yvonne
Qu'il aime à regarder,
Lui dit tout bas : « Mignonne,
Veux-tu nous accorder ? »
Bref, la chaumière en France
Sous son toit réunit
Souvenir, espérance,
Amour que Dieu bénit.

EDMOND SAUTEREAU.

Le Soir dans la chaumière

Les champs ont aussi leurs amours
(BÉRANGER.)

O fortunatos nimium, sua si bona norint,
Agricolas...
(VIRG.)

Quand de l'hiver s'acharne la rafale
Sur le vieux toit couvert d'un blanc linceul,
Quand le vent noir souffle sous un ciel pâle,
Et de la porte ébranle et mord le seuil,
Oh! qu'il fait bon, le soir, dans la chaumière,
Auprès de l'âtre où pétille un bon feu,
Quand pour prier une famille entière
Se réunit sous le regard de Dieu !...

Quand les oiseaux que le printemps ramène,
Hôtes chéris que l'on aime à revoir,
Sont de retour, et qu'une tiède haleine,
Passe en ridant l'onde de l'abreuvoir,
Oh! qu'il fait bon, le soir, dans la chaumière,
Lorsqu'un enfant au babil gracieux
Fait tressaillir d'amour la jeune mère,
Fait dérider tous les fronts soucieux !...

Quand du blé mûr les ondoyantes gerbes,
En meules d'or étoilent les sillons,
Quand de l'azur brillent les feux superbes,
Et qu'on entend chuchoter les grillons,
Oh! qu'il fait bon, le soir, dans la chumière,
Quand du travail le moissonneur lassé,
Près de la table où fume une lumière,
Est par ses fils tour à tour caressé !

Quand la vendange est faite, et que l'automne
Des premiers froids annonce le retour,
Quand le grand bois s'effeuille, monotone,
Et laisse voir, au loin, la vieille tour,
Oh ! qu'il fait bon, le soir, dans la chaumière,
Quand la récolte est mise en sûreté
Et que la lune à la pâle crinière
Jette aux carreaux une douce clarté !

A. D. M.

Le Soir dans la chaumière

ROMANCE.

Travaille, espère.

1er Couplet.

Allons, va reposer, mignonne ;
Il est tard ; là-bas au clocher,
Entends-tu : c'est l'heure qui sonne
Et dit qu'il faut aller coucher,
L'oiseau se tait dans la bruyère,
Le jour a fui, le ciel est noir,
La nuit couvre notre chaumière,
Tes yeux se ferment, c'est le soir !

2e Couplet.

Allons, va reposer, mignonne;
Écoute sous les blanc rideaux
La voix des petits qui résonne
Et t'appelle auprès des berceaux...
Monte bien vite, ô tendre mère,
Va consoler leur désespoir,
Et sous le toit de la chaumière
Avec eux dors en paix ce soir !

3e Couplet.

Allons, va reposer, mignonne ;
Et laisse-moi veiller encor ;
Je veux, puisque l'ouvrage donne,
Tâcher de gagner un peu d'or...
Pour nourrir sa famille chère,
Un bon époux, c'est son devoir,
Doit sans répit, dans sa chaumière,
Travailler du matin au soir !

4e Couplet.

Allons, va reposer, mignonne ;
Au fond de l'oreiller bien chaud
Va cacher ton sein qui frissonne,
J'irai te retrouver bientôt!
En m'attendant fais ta prière :
Si le bon Dieu veut, j'ai l'espoir
Longtemps encor dans la chaumière
D'être heureux comme au premier soir !

JULES SIONVILLE.

Le Soir dans la chaumière

Spiritus flat ubi vult.

ROMANCE

Le soir dans la chaumière,
Le jeune laboureur,
Aux pieds de la fermière,
Plus belle à la lumière,
Ouvre son tendre cœur.

Le vent souffle, qu'importe ?
Qu'importent les hivers ?
Ils ont fermé leur porte.
L'amour qui les transporte,
Brûlerait l'univers.

O longs baisers de flamme !
O doux propos d'amour !
Divins plaisirs de l'âme,
Voici l'homme et la femme
Réunis jusqu'au jour.

Devant l'âtre qui brille
Ils rêvent d'avenir,
Désirant une fille
Dont le regard scintille
Et qu'ils pourront bénir.

La belle saison est passée,
Celle des fleurs et des oiseaux;
De l'hiver la cloche cassée,
Sur la terre nue et glacée,
A sonné le glas des roseaux.

A la clarté d'une lumière
Près de l'âtre, à l'abri des vents,
Le soir, dans la pauvre chaumière,
Rassemble autour de la fermière
Le laboureur et ses enfants.

Le père, las de sa journée,
D'un accent grave et solennel,
Conte à sa nichée étonnée
Quelque histoire passionnée
Du diable en guerre avec le ciel.

Comme l'âtre pétille encore,
Les enfants, au pied de la croix,
Récitent d'une voix sonore
La prière au Dieu qu'on adore,
Au Dieu des pauvres et des rois.

Maxime Simonot.

Le Soir dans la chaumière

ROMANCE

Sur le hameau, la nuit étend ses sombres voiles,
Dérobant aux regards les chaumes enfumés,
Tandis qu'au firmament les brillantes étoiles
Semblent de doux flambeaux par le ciel allumés.
Le bûcheron s'assied près du feu qui pétille,
Oubliant les soucis, les peines du labeur,
Heureux de retrouver au sein de la famille
La paix qui rend aux bras le courage et l'ardeur.

Formant une guirlande embaumée et fleurie,
Les plus petits enfants grimpent sur ses genoux
Et leur bouche se colle à sa lèvre attendrie
Pour y mieux déposer les baisers les plus doux.
L'honnête bûcheron, sous ces chaudes caresses,
Ne pense déjà plus aux fatigues du jour
Et serre dans ses bras ces êtres pleins d'ivresses,
Qui versent à son cœur l'espérance et l'amour.

L'épouse en souriant prend l'aiguille ouvrière,
Et près de son époux vient joyeuse s'asseoir,
Tandis qu'un des bambins termine la prière,
Prière que l'enfant prononce chaque soir
Au pied du crucifix, gardien de la demeure.
Et c'est ainsi que tous s'en vont vers l'avenir,
Unis par cette foi qui rend l'âme meilleure,
N'ayant qu'un même abri pour y naître et mourir.

Aime ! espère ! ouvrier, loin des cités moroses,
C'est aimer son pays que d'aimer son vieux toit ;
Crois-moi, le vrai plaisir est sur ces lèvres roses,
Dans ces baisers ardents que ta bouche reçoit !
Providence de Dieu, que ta bonté s'épanche
Sur les petits enfants de l'honnête ouvrier :
Fais-en des hommes forts pour la sainte revanche ;
Le bonheur est à qui sait aimer et prier !

ÉMILE MOSSOT.

24 *novembre* 1884.

Le. Soir dans la chaumière

Qu'il est doux de venir, dans mon humble chaumière,
Se reposer le soir des fatigues du jour,
Alors qu'on peut s'asseoir, dans ce lieu solitaire,
Près d'un objet aimé pour lui parler d'amour.

Le calme règne autour de ce rustique asile.
Quand le jour a fait place aux ombres de la nuit,
Tout repose ici-bas, la nature est tranquille,
Et du cœur seul qui bat on distingue le bruit.

Comme ils me font pitié, dans leur riche demeure,
Les grands qu'on voit briller d'un luxe fastueux!
Le souci des grandeurs les assiège à toute heure,
Tandis qu'à la chaumière on est toujours heureux.

Aux plus riches lambris combien je te préfère,
Toi qui me rends, le soir, l'idole de mon cœur!
Dans le cours de ma vie, humble et pauvre chaumière,
Sous ton toit seulement, j'ai trouvé le bonheur.

JOSEPH BEYNET.

Le Soir dans la chaumière

A MONSIEUR ALI VIAL DE SABLIGNY

Un vent frais fait voler les feuilles; on dirait
Qu'il murmure l'adieu du soir à la forêt.

ANDRÉ THEURIET.

Le soleil, au sein d'une gloire immense,
Baisse par degrés dans l'horizon d'or ;
La brume au lointain à peine commence,
Et sur la montagne, il fait jour encore...
Mais c'est l'Angélus qui sonne à l'église;
Il tinte pour nous la fin des travaux...
Ou donc êtes-vous, Madeleine et Lise?
N'avez-vous donc pas rentré vos agneaux ?

Quand le laboureur a fini sa tâche
Et que les bœufs roux sont au râtelier.
La fille de ferme, en riant, détache
Les grands gobelets du vieux *vaissellier*
Dans la salle, haute ainsi qu'une église;
Le repos joyeux succède aux travaux...
Où donc êtes-vous, Madeleine et Lise?
N'avez-vous donc pas rentré vos agneaux?

Le castel aussi bientôt s'illumine;
C'est pour les heureux le temps du plaisir ;
Tandis qu'au ciel bleu la lune chemine
De bien banqueter, ils ont le loisir...
Mais parfois l'ennui bientôt paralyse
Leur corps inhabile à tous nos travaux...
Où donc êtes-vous, Madeleine et Lise ?
N'avez-vous donc pas rentré vos agneaux ?

Bien petite, hélas! est notre chaumière;
Notre soupe est maigre et notre pain noir ;
Qu'importe! Le Dieu bénit la prière
Que tous réunis nous faisons le soir...
« Oui c'est l'Angélus qui sonne à l'église ;
Il tinte pour nous la fin des travaux...
Vite revenez, Madeleine et Lise :
Vite revenez rentrer mes agneaux. »

Vte Henri du Mesnil.

Le Soir dans la chaumière

On sentait dans sa voix vibrer tant de tendresse,
Qu'à l'écouter j'aurais passé mes nuits, mes jours,
Sans cesse.

(Mme Edouard Lenoir.)

ROMANCE

Quand l'aube au teint rosé chasse la nuit profonde,
Et met une auréole au front du jour naissant,
J'aime à voir le soleil se lever sur le monde
Et monter radieux, superbe, éblouissant.
Mais j'aime à me trouver, le soir, dans la chaumière,
Lorsque le bon aïeul se lève, et que sa voix,
Faible, mais belle encor, entonne, la première,
Un vieux refrain connu de la famille entière,
Un de ces refrains d'autrefois !

Quand le printemps vermeil a paré nos campagnes,
Es que de mille fleurs les sentiers sont couverts ;
Quand tout chante et sourit, j'aime, avec mes compagnes,
A folâtrer, rieuse, au milieu des prés verts..
Mais j'aime à me trouver, etc., etc.

Et quand l'été brûlant ramène les cigales ;
Quand le soleil de juin a doré nos moissons,
Je suis des moissonneurs les troupes matinales,
Préludant au travail par de douces chansons.
Mais j'aime à me trouver, etc., etc.

J'ai plus d'un soupirant dont le babil m'amuse ;
J'aime à faire la nique aux garçons du hameau ;
Au son du tambourin ou de la cornemuse,
J'aime, je le confesse, à danser sous l'ormeau.

Mais j'aime à me trouver, le soir dans la chaumière,
Lorsque le bon aïeul se lève, et que sa voix,
Faible, mais belle encor, entonne, la première,
Un vieux refrain connu de la famille entière,
Un de ces refrains d'autrefois!

ELZÉAR JOUVEAU.

Le Soir dans la chaumière

ROMANCE

J'aime ce toit béni, berceau de ma naissance.
Il sait ouvrir mon cœur à la reconnaissance
Envers les vieux parents qui guidèrent mes jours,
Dont les chers souvenirs m'apparaissent toujours.
Car, voyant des heureux, je deviens tout de même,
Ne comprenant jamais qu'on jette l'anathème
Aux mortels que le sort semble favoriser,
Lorsque, content de peu, je puis fraterniser ;
Et ce tableau riant, par sa douce lumière,
Me fait croire au bonheur le soir dans la chaumière.

Jamais ! au grand jamais ! je n'irai pour la ville
Vendre ma liberté, qui n'a rien de servile ;
La santé, du travail, n'est-ce pas suffisant
Pour qui vit loin des sots sans être médisant ?
J'ai pour le malheureux des fruits et du laitage.
Malgré mon faible avoir avec lui je partage ;
On me recherche, on m'aime ! et pourtant je n'ai rien.
A quoi cela tient-il ? A faire un peu de bien !
Et ce tableau riant par sa douce lumière,
Me fait croire au bonheur, le soir dans la chaumière.

Après le dur labeur d'une rude journée
Qu'il fait bon de revoir sa chère maisonnée !...
Surtout quand le grand air diligente nos pas
Tel qu'un apéritif au plus prochain repas.

La ménagère sait, tout en dressant la table,
Pour charmer son époux être toujours aimable,
Au-devant l'un de l'autre, ils cheminent joyeux.
Pour fêter le retour et s'embrasser tous deux !....
Et ce tableau rian' par sa douce lumière,
Me berce et me séduit le soir dans la chaumière.

De nos fiers conquérants vous me vantez la gloire.
Loin de leur fol orgueil, à l'abri du déboire,
Je goûte le bonheur en ma rusticité,
Vivant pour être utile au sein de la gaîté !
L'humble travail des champs a toute ma tendresse,
Car bien loin d'écouter la voix de la paresse,
Aux concerts des oiseaux j'interromps mon sommeil
Pour saluer du jour l'horizon tout vermeil,
Et ce tableau riant par sa douce lumière
Berce mes souvenirs le soir dans la chaumière.

Aristide Saclé.

Le Soir dans la chaumière

ROMANCE

Et le bonheur, sylphe inconstant, volage,
Qui fuit souvent les palais somptueux,
A ces époux faisant un doux partage,
Daigne arrêter son vol au milieu d'eux.

Le jour s'enfuit ; la lampe qui vacille
Jette déjà sa tremblante lueur
Dans la chaumière abritant la famille
Du bûcheron qui suspend son labeur.
Et, souriant, l'homme à la main calleuse
Sait caresser avec des mots bien doux
Sa fille blonde à la face joyeuse
Et le bébé qu'il tient sur ses genoux.

Charmant tableau que l'humble ménagère
Vient compléter par un tendre regard !
Car, peine ou joie, elle est, épouse et mère,
Prête toujours à réclamer sa part.
Pourtant de l'âtre elle attise les flammes
Qui font bouillir le pot-au-feu du soir
Et dont l'ardeur nous peint celle des âmes
Qui dans l'amour ont fondé leur espoir.

« Oh! dit l'époux regardant sa compagne,
Vois-tu, ta Marthe a comme toi l'œil doux ;
De son regard qu'un franc rire accompagne
Oui, crois-moi, Jeanne, un roi serait jaloux.
Mais mon Lucien est un enfant terrible,
Il a déjà le poignet vigoureux ;
Il m'aidera dans ma tâche pénible.
Oh! la fatigue est bien moins lourde à deux. »

A ces propos, l'épouse souriante
Par une œillade avec joie applaudit.
Mais cependant la soupe au lard fumante
Des paysans excite l'appétit.
Ils vont à table; au langage du père
Vient se mêler le babil des enfants;
Et l'on peut voir au sein de la chaumière
Plus de gaîté que sous le toit des grands.

B. Trambouze.

Le Soir dans la chaumière

CANTILÈNE

1er Couplet.

Voyez là-bas cette chaumière,
Près du moulin ;
C'est là que vit la charbonnière
Et l'orphelin.
Dans ce logis de l'indigence,
Il fait bien froid !
Car le vent dans sa violence,
Perce le toit.
Mais Dieu, qui place l'espérance
Au fond des cœurs,
Amoindrit souvent la souffrance
De ces lutteurs.

2e Couplet.

Avançons donc vers la chaumière,
Et dès ce soir,
Portons à la pauvre grand'mère
Un peu d'espoir.
La flamme en le foyer scintille
Une clarté.
Le petit orphelin mordille,
Un fruit gâté.
La femme, elle, vieille et débile,
Tient un fuseau
En travaillant le lin docile
Pour le château.

3e Couplet.

On entendait de la chaumière
Un son lointain.
« C'est l'Angélus, dit l'ouvrière
Prions, Justin. »
Et l'enfant de sa voix mutine,
Disait tout haut
La prière qui s'enracine,
Comme un dépôt.
Et dans leur commune faiblesse,
Ces malheureux
Sentaient accroître la tendresse
Des vrais heureux.

4e Couplet.

Et chaque jour à la chaumière,
Par vrai devoir,
Nous allons dire à la grand'mère
Un long bonsoir.
Comme son âme est consolée
De nos secours ;
A nous qui l'avons soulagée,
Elle a recours.
Oh ! l'ineffable jouissance
Dont désormais
La vieillesse unie à l'enfance,
Fait tous les frais !

Mme L. Contenet de Sapincourt.

Le Soir dans la chaumière

TABLEAU RUSTIQUE

Déjà l'ardent soleil a voilé ses rayons,
Le calme naît aux champs ; la terre fatiguée,
Pour les mieux féconder, repose ses sillons;
La brise du grand lac effleure le miroir,
Et répand dans les airs sa fraîcheur embaumée.
Enfants, voici le soir!

C'est l'heure du foyer, c'est l'heure du repos ;
Tout est silencieux dans la verte campagne ;
La bergère jolie a rentré ses troupeaux
Au sein de sa chaumière. Heureux de la revoir
Le rude laboureur murmure à sa compagne
Les doux propos du soir.

Sur le sein maternel, l'enfant s'est endormi;
Devant l'âtre fumeux où la flamme pétille,
Près du maître s'étend le vieux chien son ami ;
Tranquille et sans souci, confiant, plein d'espoir,
Le bon paysan goûte au sein de la famille
Le gai repas du soir.

On charme la veillée aux récits d'autrefois,
Puis le doux rêve arrive éteignant laparole ;
Mais du coucou le timbre a sonné par neuf fois,
La lune pâle monte au front du grand bois noir ;
Tout se tait vers le ciel, la prière s'envole.
Enfants, paix et bonsoir!

X***.

Le Soir dans la chaumière

ROMANCE

Labor, amor.

Écoutez l'humble moissonneur
Qui vous adore, ô jeune fille;
Soyez pour lui l'étoile qui scintille,
Soyez toujours son rayon de bonheur.
A l'heure où s'enfuit la lumière,
Où tout invite à reposer,
Je voudrais tant un doux baiser
Le soir dans la chaumière

Lorsque j'aurais moissonné tout le jour
Sous les ardeurs du soleil qui féconde,
Je reviendrais à vous, ma belle blonde,
Porteur d'épis et messager d'amour.
A l'heure où s'enfuit la lumière,
Où tout invite à reposer,
Je mendierais votre baiser
Le soir dans la chaumière!

Un frais enfant bientôt nous sourirait
Dans son berceau garni de pampes vertes,
Et Dieu, laissant leurs portes entr'ouvertes,
Des cieux un ange aussitôt descendrait.
A l'heure où s'enfuit la lumière,
Où tout invite à reposer,
J'entendrais son divin baiser
Le soir dans la chaumière!

Grâce au travail égayé de chansons,
Quand de nos jours la moisson sera faite,
Avec des chants et des refrains de fête,
Au paradis nous nous envolerons.
A l'heure où s'enfuit la lumière,
Où tout invite à reposer,
Nous aurons encore un baiser
Le soir dans la chaumière!

ANDRÉ DU LONGBOIS.

Le Soir dans la chaumière

ROMANCE DE SALON

> En écrivant ma pensée, elle m'échappe quelquefois; mais cela me fait souvenir de ma faiblesse, que j'oublie à toute heure; ce qui m'instruit autant que ma pensée oubliée, car je ne tends qu'à connaître mon néant.
>
> (PASCAL, *Pensée* 48e.)

Un soir que la neige tombait
Et que la froide bise agitait la bruyère,
Autour d'un âtre où le pommier flambait,
Au beau pays normand, dans certaine chaumière,
J'ai vu, dans mes premiers beaux jours,
La famille la plus charmante ;
J'aime à m'en souvenir, car là sont mes amours :
Une brune aux yeux bleus dont le regard m'enchante.

L'aïeule en ravaudant des bas
A ses petits-enfants racontait une histoire,
La jeune mère apprêtait le repas,
Tandis que son époux allait tirer à boire;
Et là pour la première fois ;
J'ai vu l'adorable fillette,
J'étais encore enfant, mais j'avais fait mon choix,
Et cet ange est resté mon unique amourette.

Le grand-père, en songeant, teillait
Le chanvre récolté dans la plaine fertile;
Sa belle-fille auprès de lui grillait
De croustillants marrons d'une main fort habile.

Et nous arrosâmes ce mets
Du cidre le plus légitime,
Et j'étais à côté de celle que j'aimais,
Heureux comme un poète ayant trouvé sa rime.

Lorsque la cloche du beffroi
Lança son trille aux cieux pour finir la soirée,
Nous fîmes tous la prière avec foi,
Dont l'encens dut monter vers la voûte éthérée.
Puis je quittai ces bonnes gens,
Le cœur joyeux, plein d'espérance...
Vous dirai-je de plus que ma brune a vingt ans
Et qu'approche pour nous le jour de l'alliance?...

8 *septembre* 1884.

JULES DURAND.

Le Soir dans la chaumière

Le comble du bonheur est encor dans l'amour.

Oh ! que je suis heureux le soir
Sous le toit de notre chaumière,
Quand la famille vient s'asseoir
En cercle autour de la lumière !

Parlant tout bas de leurs travaux,
Maman tricote et papa fume.
Les grillons et les souriceaux
Font leur bruit comme de coutume.
Puis, assise au milieu de nous,
Grand'mère, à la voix de rainette,
Lit la bible sur ses genoux,
Lance au-dessus de sa lunette
Ses grands yeux
Pour voir ce que fait Juliette
Dans ses jeux.

Celle-ci, la plus jeune, joue
Près du foyer avec minon,
Qui lui griffe souvent la joue
Et lui fait troubler la leçon.
Trouvant la Bible peu charmante,
Moi, l'aîné, pensif dans un coin,
Le cœur ici, mais l'esprit loin,
Je songe à ma petite amante,
Qui le jour
M'a juré par sa main tremblante
Son amour.

Oh! que je suis heureux le soir
Sous le toit de notre chaumière,
Quand la famille vient s'asseoir
En cercle autour de la lumière.

ÉMILE HEIM.

Le Soir dans la chaumière

Lo giorno se n'andava, e l'aer bruno
Toglieva gli animai, che son'a terra
Dalle fatiche loro...

(DANTE, *Inferno*).

L'ombre tombe de la colline,
Et l'onde efface son miroir;
Descends sereine, ô paix divine!
O paix du soir!

Près de l'âtre, qui s'illumine,
Le laboureur, las, vient s'asseoir;
Verse-lui l'oubli, paix divine!
O paix du soir!

Gars, filles, aïeul qui s'incline,
Contents d'un lait pur, d'un pain noir,
Te bénissent, ô paix divine!
O paix du soir!

Tout repose en l'humble chaumine,
Et des blés d'or leur rit l'espoir;
Berce leur rêve, ô paix divine!
O paix du soir!

ALPHONSE CALLIGÉ.

DEUXIÈME SECTION

Sauvetage en mer

LE PILOTE BOUSSARD, DE DIEPPE

C'en est fait, le navire est brisé par l'orage,
L'éclair zèbre le ciel de longs sillons de feu,
La tempête mugit et redouble de rage,
Tandis que les marins lèvent les mains vers Dieu.
Les vagues en grondant s'engouffrent dans la cale,
Dérobant aux regards plus d'un perfide écueil ;
Près d'eux les matelots sentent la mort fatale
Et l'Océan s'ouvrir comme un vaste cercueil.
Mais le vaillant Boussard pousse un cri d'espérance
Qu'étouffe sans pitié la violence des flots,
Et, bravant le danger, vole à la délivrance
De ceux dont il entend les cris et les sanglots.
Il touche le navire, une vague l'emporte
Et le roule deux fois sur les galets du bord ;
Deux fois il se relève et d'une âme plus forte
On le voit s'élancer et défier la mort.
Il se fraye un chemin à travers la tempête,
S'empare d'une corde et l'accroche au bateau.
Les matelots hagards se cramponnent au faite
Des mâts dont le sommet se dresse hors de l'eau.

Il leur montre à ses pieds les lames écumeuses,
Le rivage perdu dans un horizon noir
En les guidant au sein des pronfondeurs brumeuses
Sauve sept naufragés qui n'avaient plus d'espoir.
Mais Boussard épuisé tombe sur le rivage ;
Les marins par leurs soins l'ont bientôt ranimé,
Ses forces l'ont trahi, mais non pas son courage,
L'approche du danger ne l'a pas désarmé.
La tempête pourtant mugit, renverse et broie,
Boussard ne l'entend pas et vole de nouveau
Arrache à la mort une dernière proie:
Puis la mer furieuse engloutit le vaisseau.

EMILE MOSSOT.

28 *novembre* 1884

Un Sauvetage en mer

Le ciel était tout noir, l'atmosphère chargée ;
Des nuages de plomb se suivaient dans les airs,
L'orage s'entendait au loin, et les éclairs
Mettaient un lac de feu dans la voûte éthérée.
La mer grondait frappant sur les galets, sans fin,
La vague s'élevait dans les airs, écumante,
Pendant que l'ouragan répandait l'épouvante,
Dans la famille du marin !

Soudain, une lueur vague à l'horizon sombre
Se montra. Des marins en voyant le falot,
N'eurent qu'un seul désir, et prenant un canot,
Se mirent à la mer guidés par la pénombre.
Le canot s'avançait ballotté par les eaux,
Le cyclone était fort, la vague furieuse,
Et du frêle canot la mer toujours houleuse
En faisait le jouet des flots!

Mais les braves marins craignaient peu la tempête ;
Ils s'avançaient toujours... « Timonier, par tribord ! »
Cria le commandant, placé sur la dunette
Du navire perdu, de sa voix de stentor!
« Par bâbord ! » répondit un voix dans l'immense ;
Mais un cri retentit suivi par d'autres cris :
« Nous sombrons ! au secours ! nous sommes des amis !
« Notre bâtiment, c'est « la France » !

Le canot sur les eaux partit à l'aventure,
Rien ne pouvait guider sa marche sur les flots ;
La mer semblait jalouse en voyant sa capture
Sur le point d'échapper à la fureur des eaux !
Une heure après, sauvés, sur le bord du rivage,
Étaient les naufragés, avec leur commandant !
Mais les cinq matelots, sublimes de courage,
Etaient morts dans leur dévouement !

ARTHUR CASTANIER.

Novembre 1884, *Lamalou-le-Haut.*

Un Sauvetage en mer

Les uns attendaient leur sort avec une résignation silencieuse ou une insensibilité stupide, d'autres se livraient à toute la pensée du désespoir.
(*Naufrage du Kent*, SAINT-MARC GIRARDIN.)

L'ouragan déchaîné sur la mer en démence
Redoublait ses efforts. Le temps était affreux;
Les flots venaient frapper tour à tour en cadence
Les récifs qu'on voyait, sous un voile brumeux,
Se cacher, puis venir, montrant leurs dents arides
Demander une proie à la vague en fureur.
Mais bientôt retentit en cri plein de terreur,
Et tous les assistants, pâles, défaits, livides,
D'un regard hébété, voulurent découvrir
Les restes du bateau qui venait de périr.
Ils avaient vu pourtant bien des fois la tempête,
Eh bien! tous, cette fois, avaient perdu la tête;
Aucun d'eux ne songeait à donner son concours
Pour sauver des pêcheurs réclamant du secours,
Quand un canot monté par deux généreux frères,
Vint s'offrir au regards des épouses, des mères,
Faisant toutes des vœux pour ces cœurs généreux
Allant au sein des flots sauver des malheureux.
Le canot fend la vague, on l'aperçoit qui rame,
On le suit, on le guette, et l'on maudit la lame
Qui vient à chaque instant lui barrer le chemin :
Il paraît, disparaît, arrive au but enfin,
Et bientôt trois pêcheurs, épuisés, hors d'haleine,
Par le fragile esquif sont tirés hors de peine.

Sur quatre, un seul, l'enfant, le mousse a disparu,
Et pendant quelque temps, il n'a point reparu,
Mais l'un des sauveteurs plonge au lieu du naufrage,
Et ramène à la fin sain et sauf au bateau
Le petit naufragé ; puis la barque fend l'eau,
Et sauvés et sauveurs abordent le rivage.

P. DESCHAMPS.

TROISIÈME SECTION

L'Insomnie de l'ouvrière

A MADAME B. DE C.

Spes et labor.

Pareil au bruit des flots lorsque l'Océan gronde,
Un roulement confus arrive jusqu'ici ;
Les voitures, sans doute, amènent le beau monde,
Qui vient danser au bal, libre de tout souci.

Danser... lorsque résonne un orchestre sonore
Sous les lustres brillants de quelque riche hôtel.
S'enivrer de plaisirs du soir jusqu'à l'aurore
Comme faisaient, chez nous, les dames du castel.

S'amuser !... C'est un mot que je ne comprends guère,
Et le travail, pour moi, remplace le plaisir.
Je n'ai jamais dansé qu'au fond du Finistère,
Dans la plaine, là-bas, auprès du grand menhir !

Comme un riche tapis, là, nos bruyères roses,
Mêlaient leurs fleurs de pourpre avec les ajoncs d'or,
Les vieux dolmen levaient leurs fronts toujours moroses,
Et les *binioux* sonnaient dans le pays d'Armor.

Les jours du grand *Pardon*, la foule était nombreuse,
Tous les *gars* m'entouraient et n'admiraient que moi,
Car j'était la plus belle ! On me croyait heureuse,
Chacun voulait m'offrir et sa bague et sa foi.

Mais je les méprisais ! Et seule sur la plage,
Lorsque l'ombre venait, j'allais errer le soir
Je rêvais de Paris !... Mon tranquille village
Me semblait dès alors un tombeau sans espoir.

. . . .

. . . .

Pareil au bruit des flots lorsque l'Océan gronde
Un roulement confus arrive jusqu'ici,
Les voitures, sans doute, amènent le beau monde
Qui vient danser au bal, libre de tout souci !

. . . .

. . . .

Oh ! je l'ai vu depuis ! Paris ! Le gouffre immense
Dévorant les enfants de nos pays lointains.
Ce royaume enchanté, doré par l'Espérance
Qui miroitait sans cesse à mes yeux enfantins.

Je l'ai vu, cet abîme où vont sombrer les âmes !
Où trônent les démons déguisés en bandits,
Ce temple du *veau d'or* et des plaisirs infâmes
Renfermant à la fois des saints et des maudits.

Je l'ai vu ! J'ai senti battre dans mes artères
Tout mon vieux sang breton encor mal endormi ;
En mon cœur s'élevaient des murmures austères
Et la rougeur couvrait mon front déjà blémi.

J'ai lutté jusqu'ici fière comme l'hermine
Qui, de notre Bretagne, orne les écussons;
Travaillant bien avant que le soleil chemine
Pour gagner le pain noir qui calme mes frissons.

Cependant, à la fin, se lasse mon courage ;
L'amour autour de moi bourdonne jour et nuit,
Bonheur! luxe! bijoux! redoublent leur mirage
Cette veille m'achève... Et mon bon ange fuit!

. . . .

. . . .

Pareil au bruit des flots lorsque l'Océan gronde
Un roulement confus arrive jusqu'ici...
De terribles pensers troublent ma tête blonde...
Mais je m'endors!... je crois... Merci, mon Dieu! merci!

Vte Henri du Mesnil.

Les Nuages

La voyez-vous passer, la nuée au flanc noir?
(V. Hugo.)

« D'où viens-tu, blanc nuage aux nuances rosées,
Qui promènes dans l'air ton gracieux essor?...
— Des larmes de la nuit sur l'herbe déposées
Je naquis sous les feux de l'aube aux rayons d'or.
— Où vas-tu?... — Dans l'azur où mollement je plane,
Je suis le messager d'un beau jour de printemps,
Et de l'astre éternel mon aile diaphane
Adoucit aux regards les reflets éclatants!

« Le laboureur courbé sur la brûlante plaine,
Esclave dévoué d'un pénible labeur,
Sent un souffle de flamme embraser son haleine:
Je passe... un air plus frais vient ranimer son cœur!
Je protège en mon vol la goutte de rosée
Si bienfaisante et douce à la fleur épuisée,
Qui périrait bientôt, sans ombre et sans fraîcheur!...
— Blanc nuage, sur nous, oh! passe avec lenteur!...

— D'où viens-tu, lourd muage à l'immense envergure,
Qui troubles tout à coup le ciel éblouissant?...
— Des vapeurs que la nuit exhale en son murmure
Le vent m'a recueilli dans son souffle puissant! [terre,
— Où vas-tu?... — Sous les feux qui dessèchent la
Épis, fleurs et gazons périssent de langueur!
J'apparais, et soudain une onde salutaire
Rend aux vallons flétris l'éclat et la vigueur!

« Quand le soleil d'été comme une ardente flamme,
Dévore la prairie et fane les moissons,
L'homme anxieux, qui sent l'effroi saisir son âme,
Me cherche avec instance aux lointains horizons;
Dieu m'appelle, j'accours : comme une source immense.
Mon sein laisse jaillir des flots en abondance,
Et l'homme se rassure et bénit le Seigneur !...
— Poursuis ton vol pesant, nuage bienfaiteur!

— D'où viens-tu, noir nuage, à l'effroyable tête,
Sombre comme la nuit dans un lourd ciel d'hiver?...
— Je viens des chauds déserts où règne la tempête !
Messager de la mort, j'ai la foudre et l'éclair!
— Où vas-tu?... — L'ouragan me pousse avec colère,
Inplacable fléau, pour frapper l'homme, hélas !
Et j'apporte avec moi l'epouvante à la terre,
Et de mes sombres flancs va sortir le trépas!

« Vois-tu cette contrée où tant d'éclat rayonne,
Si riche de parfums, et de fruits et de fleurs?
Regarde: mon flanc s'ouvre et l'éclair le sillonne...
C'est la tempête avec ses terribles fureurs!...
Et longtemps le nuage arrêté dans l'espace,
Roule sur le vallon, puis, — sombre géant, — passe,
Laissant derrière lui l'angoisse et la terreur!...
— Disparais à jamais, nuage destructeur !!!

Ainsi mon cœur, un soir, dans un étrange rêve,
Interrogeait, ému, les nuages des cieux
Qui comme des oiseaux qu'un vol puissant soulève,
S'élevaient, tournoyaient, planaient, mystérieux!

Chacun d'eux apportait un bienfait à la terre;
Mais quand parut la nue où grondait le tonnerre,
Je crus voir tressaillir la plaine de frayeur...
Ce nuage portait la foudre du Seigneur!...

LOUIS OPPEPIN.

Plainte d'une rose des champs

APOLOGUE

Otium cum dignitate.
CICÉRON.

Alors que l'aube montre un bout de son nez rose
Et que, dans les buissons, des nids sortent des voix,
— Prélude harmonieux d'un concert, — une rose
Exhale sa douleur sur les confins d'un bois.

« Je suis seule, exilée en ce coin de la terre ;
Qui pense à moi? dit-elle... Ai-je quelques défauts ?
N'ai-je donc pas d'éclat ?... Quel est donc le mystère
Qui me fit naître loin de ces jardins si beaux ?

« Chaque jour, je ne vois que bergers et bergères ;
J'entends le son du cor qui sonne l'hallali,
Et le cerf qui s'enfuit traversant les clairières
N'a pour moi nul attrait ; de lui, je n'ai souci... »

Soudain, certain rustaud en habit de dimanche,
Passant près de la fleur qu'il voyait resplendir
Au milieu du buisson, dit, d'une gaîté franche :
« Rose vous êtes belle et je dois me gaudir

De vous trouver ainsi tout fraîche ! » Aussi vite
Il la cueille et la place au veston de droguet
Qu'il porte sur son bras ; mais la rose s'irrite
De parfumer l'habit d'un semblable muguet.

— Elle se plaint alors à la nature entière
D'avoir perdu sa liberté ;
Les échos d'alentour riront de sa colère
Et surtout de sa vanité.

Que de gens, comme cette rose,
Se plaignent de leur triste sort
Et vont au-devant de la cause
Qui peut précipiter leur mort.

Louis Bonneau.

Les Semailles

Semeurs de grains ou de paroles,
Vos travaux ont chacun leurs prix.

A l'orient vermeil, l'on voit poindre l'aurore ;
Devant cette lueur, la brume s'évapore
Et des fils argentés brillent dans les guérets.
Du diligent fermier le pesant attelage
Conduit les instruments bons pour le labourage]
Ou fait crier l'essieu sous le poids des engrais.

Et le terrain qui doit recevoir la semence,
Approprié, hersé, bien préparé d'avance,
Se couvre tout entier d'un corps gras et fumant.
Sifflant ou fredonnant sa chanson monotone,
Voici le laboureur dont la main aiguillonne
Ses grands bœufs à l'œil doux qui marchent lourdement.

Comme il est attentif! Penché sur sa charrue
Rien ne peut attirer ni détourner sa vue
Qui dirige le soc dans la terre enfoncé.
Oh! le feu de son cœur brille dans ses prunelles,
Et quand il trace ainsi ses lignes parallèles,
Nulle courbe n'échappe à son œil exercé.

Mais, formant dans les airs une large envergure,
Le maître vient répandre une semence pure
Qui germera bientôt dans les guérets féconds.
De son pas mesuré sa main suit la cadence,
Égalisant les grains dans toute la distance
Que le long de son champ limitent ses jalons.

Aussitôt sur ses pas deux bœufs traînent la herse;
La surface du sol qu'elle broye et renverse
Couvre les grains jetés dans le terrain mouvant.
Le sillon remué s'aplatit et présente
Une surface unie où poussera la plante
D'où jaillira l'épi sous l'astre fécondant.

Mais quel rude labeur! Hélas! les pauvres bêtes
S'essoufflent, car le joug est pesant sur leurs têtes,
Et dans leurs flancs poudreux s'enfonce l'aiguillon.
Sur leur corps efflanqué le sang et l'eau ruissellent
Et des gars vigoureux sans cesse les harcellent
Car déjà le soleil se couche à l'horizon.

Il est tard; cependant le semeur sans relâche
Avec dextérité poursuit sa lourde tâche.
Il se hâte : il est temps, les beaux jours vont finir.
Il redoute l'hiver, et pourtant il espère,
Car il sait que des grains qu'il confie à la terre
Doit sortir un trésor, doux gage d'avenir.

Poètes, écrivains, imitons sa constance;
Jetons aussi les grains de la bonne semence
Pour les faire germer dans les sillons du cœur.
Soyons sans défaillance, et Dieu, notre bon père,
S'il nous voit accomplir une œuvre salutaire,
Bénira nos travaux comme ceux du semeur.

B. Trambouze.

Orgueil

A DEUX DEMOISELLES QUI M'ONT ACCUSÉ DE MANQUER DE COURAGE QUAND IL S'AGIT DE SOUTENIR MES INTÉRÊTS

Paix et Travail.

Quoique j'aie enduré mille déceptions
Et que mon pauvre cœur, battu par la souffrance,
Ait saigné bien du sang de ses illusions,
Je ne suis pas de ceux qui n'ont plus d'espérance.

Je crois en Dieu ! je crois à ces bonnes raisons :
Que personne jamais n'aura cette puissance
D'éteindre en nous le feu des nobles passions
Ni de nous inspirer de lâche défaillance.

Si je vais en sabots pour ménager mes ailes,
Je n'en monte pas moins sur d'assez hauts sommets
Pour que mon horizon ne se borne jamais.

Laissez-moi travailler, mes chères demoiselles,
Sans fouler mon voisin, sans semer trop de bruit,
J'aurai fait ma journée avant qu'il ne soit nuit.

LOUIS LECACHEUR.

Notre Devoir

A MONSIEUR E. HANRIOT

Inspecteur primaire, le patriotique auteur de *Vive la France.*

Oui, France, ô ma patrie, oui, tu seras vengée;
Nous avons trop compris la leçon infligée;
S'ils ont pu de ton cœur arracher un lambeau,
Ne pouvons-nous donc plus crier : Vive la France!
Comme un coup de clairon, comme un cri d'espérance
Qui réveille les morts au fond de leur tombeau?

Vois, sur les murs blanchis de tes vastes écoles,
Notre main a tracé de touchantes paroles
Rappelant aux enfants tes larmes, tes malheurs,
Nous avivons la plaie au fond de leur mémoire
Pour qu'ils puissent un jour te rendre la victoire
Et dans tes yeux rougis sécher enfin tes pleurs,

Ils suivent pas à pas la route douloureuse
Que tu gravis, ô France, en cette année affreuse,
De Wœrth à Champigny, de Bapaume à Belfort;
Ils comptent tes soupirs, ils sondent tes blessures
Et gravent sur leur front les sombres flétrissures
De l'étape suprême et lugubre : Francfort!

Leur œil voit les débris des maisons dévastées,
Leurs frères massacrés, leurs mères insultées,
Ton antique fierté lentement se flétrir,
Et tes braves soldats au sein de la mêlée,
S'élancer en montrant à leur âme troublée
Comment on doit lutter, comment on doit mourir.

Et quand ils ont compris la honte de l'outrage,
Que nous voyons enfin leur cœur saigner de rage
Et leurs yeux se mouiller des larmes de tes yeux,
France, nous leur montrons leur grande et noble tâche,
La beauté du devoir, le déshonneur du lâche,
D'une main les vaincus et de l'autre les cieux.

Il faut qu'ils sentent bien le joug qui nous écrase,
Qu'à tous ces noms maudits leur poitrine s'embrase
Que la haine avant tout grandisse dans leur cœur,
Si nous ne voulons pas qu'au jour de la vengeance
Leur âme s'amollisse et manque de vaillance
Pour arracher l'Alsace aux serres du vainqueur.

Oui, maîtres, c'est à nous de semer la révolte,
Ce sont eux qui feront la sanglante récolte :
Nous sommes trop restés inquiets et songeurs ;
Que chaque jour en eux notre haine s'épanche
Pour les jeter vaillants et fiers à la Revanche !
C'est l'école qui doit enfanter les vengeurs !

Émile Mossot.

25 novembre 1884.

Le Chien, le Chat et le Tonneau

BLUETTE HUMORISTIQUE

Dans Lauzanne, ville charmante,
On me racontait l'autre jour
Une nouvelle intéressante
Que je veux vous dire à mon tour.
Il s'agissait d'un chien qui poursuivait un chat
Celui-ci, craintif et peu brave,
Voyant un soupirail se glisse comme un rat
Dans la cave ;
Mais le chien, voyant sa frayeur,
Redoublait de courir et faisait l'aboyeur.
Tous deux, dans le feu de la lutte,
Firent une telle culbute
Que tout à coup et d'un seul jet
Le vin jaillit d'un robinet
L'atmosphère fut imprégnée
D'une senteur si parfumée
Qu'en un instant un voisin interdit
Descendit
— Sapristi ! cria-t-il ! Un vin de cette espèce,
Mon bon vin de l'Yvorne à mille francs la pièce !
Ton maître, maudit chat, ne fera pas le chien,
Il me rendra mon bien.
Puis, regardant le chien ; Oh ! voici mon affaire,
Un Anglais richissime en est propriétaire
Je veux lui dire chaudement
L'événement.

Il devisait ainsi, le cœur plein d'espérance,
— Et moi ! dit un gros homme enflé de suffisance
Je vois bien, cher Monsieur, que dans votre cerveau
Vous ne songiez qu'à votre tonneau.
Regardez ces dégats qu'en une demi-heure,
Ces maudits animaux ont fait à ma demeure.
Je vais donc avec vous me joindre à ce procès.
Dont vous fondez si grand succès,
Et que la critique
Va trouver comique !
Mais enfin cet Anglais, en homme juste et bon,
Peut agir avec nous comme un vrai Salomon.
C'est ainsi qu'il disait, mais sous peu dans la ville,
Les juges résoudront ce cas si difficile.

L. CONTENET DE SAPINCOUR.

(Lu dans les faits divers de *l'Écho de l'Aisne.*)

Minuit!

Ballade

AU VICOMTE HENRI DU MESNIL

Minuit vient de sonner; c'est une heure fatale.
C'est l'heure où l'on entend à travers la rafale
Comme un écho lointain, un bruit sombre et confus,
Un cri mystérieux, un hurlement, un râle!
C'est l'heure où l'on ne parle plus!

C'est l'heure où le sorcier cherche la digitale,
L'aconit vénéneux, la stramoine fatale,
Pour faire le poison dans ses noirs alambics,
Dans ses philtres de fer à l'action infernale;
Minuit, c'est l'heure des esprits!

L'heure où le nécromant près de sa chatte noire,
Devant des parchemins d'une antique mémoire,
Lit l'Abracadabra qu'il ne doit ignorer,
Dans les feuillets noircis de son maudit grimoire,
C'est l'heure qui nous fait trembler!

C'est l'heure où l'on entend comme un glas du mystère
Le cri du chat-huant, dans le noir cimetière,
Pendant que le corbeau, cet oiseau du malheur,
Croasse sur les murs de l'ancien monastère,
C'est l'heure qu'il faut avoir peur!

C'est l'heure où les démons, les lutins et les gnomes,
Les larves, les follets, les spectres, les fantômes,
Les lugubres suppôts de l'empire maudit,
Descendent sur la terre en éprouvant les hommes,
Peuples, tremblez, voici minuit!...

ARTHUR CASTANIER.

Regrets!

A Madame M.

Je vons ai fuie, ét pourtant je vous aime;
Je vous ai fuie, et sans savoir pourquoi;
Puis aussitôt, saisi d'un triste émoi,
J'aurais donné mon or, mon sang lui-même,

J'aurais donné, pour retrouver vos pas,
Tout ce que j'ai: ma liberté, ma vie,
Les biens présents et les biens que j'envie,
Pour vous revoir... C'était trop tard, hélas!

Je vous ai fuie, et je pouvais vous dire
Ce que mon cœur éprouve à votre aspect
Est-ce la crainte, ou bien est-ce respect?
Timidité, peu-être encore pire?

C'est tout cela, c'est tout et ce n'est rien;
C'est l'inconnu, c'est ce qui fait que l'âme
Tremble éperdue à l'aspect d'une femme
Et ne sait plus que faire mal ou bien

Ah! pauvre fou, sans cœur et sans courage,
Qui veut d'abord et puis qui ne veut pas,
Que le désir étreint et mord, hélas!
Et qui s'enfuit devant votre visage!

Comme un larron que la terreur poursuit,
Le long des murs glissant dans la nuit sombre,
Je vous ai fuie et j'ai recherché l'ombre
Laissant au loin et la foule et le bruit.

Puis j'ai voulu retrouver votre trace
Et j'ai partout couru jusques au jour
Allant, venant, vous cherchant tour à tour
Dans tous les lieux, interrogeant l'espace.

Ce fut en vain... Haletant, éperdu,
Je dus enfin perdre toute espérance ;
Gardant au cœur une amère souffrance,
Je crus alors mon dernier jour venu.

Fatale nuit d'angoisses et de larmes !
Cruelle nuit, que son cours était lent !
Rage, douleur, désespoir violent,
Voilà pour moi quels ont été tes charmes !

Tandis qu'au loin on entendait encor
Rire et chanter les flots du populaire,
Moi, je mordais ma couche solitaire
Et, me tordant, je maudissais mon sort.

Le jour a lui, sans qu'au fond de mon âme
Un peu de calme eût encore surgi,
Et depuis lors comme un boulet rougi
J'ai dans le cœur... Et vous seule, Madame,

Vous seule enfin, pouvez à tous ces maux
Mettre un dictame, un remède suprême.
Ah! laissez-moi vous dire, je vous aime.
Pour me guérir il n'est pas d'autres mots!

Mon cœur est las

Mon cœur est las, triste et morose,
La porte en est maintenant close!
Éteins-toi donc, pauvre flambeau,
Et disparais, source sans eau!

Dans ma coupe vermeille,
Le doux jus de la treille
A mes lèvres montant
Me rendait palpitant;
Aujourd'hui je déteste
Ce breuvage funeste,
Ce vin maudit, liqueur
Qui m'a noyé le cœur

Jadis sur une table,
O plaisir délectable,
A mes yeux brillait l'or,
Le jour, la nuit encore,
O passion qui grise,
Maintenant je méprise
Tes perfides attraits,
Plus de jeu désormais.

Je fus aussi naguère
De l'amour tributaire;
Que de doux entretiens
Desquels je me souviens!

A présent nulle femme
Ne fait battre mon âme,
A peine ai-je trente ans
Et je n'ai plus d'élans.

ALI VIAL DE SABLIGNY.

Le Papillon

FABLE

Un papillon tout frétillant,
Dans sa course folâtre,
S'égare en un théâtre,
Sitôt du lustre scintillant,
La lumière l'attire,
Il s'approche et l'admire.
Hélas ! à force de voler
Le malheureux finit par se brûler.

Que des mortels ainsi s'en vont rôtir leurs ailes
Aux flammes des cœurs infidèles !

ALI VIAL DE SABLIGNY.

FIN

IMPRIMERIE PAUL BOUSREZ, 5, RUE DE LUCÉ, A TOURS.

REVUE DE LA JEUNESSE

JOURNAL DES FAMILLES

Publication Bi-mensuelle

DIRIGÉE PAR

ALI VIAL DE SABLIGNY

AVEC PRIME GRATUITE

(Littérature, Gravure ou Musique)

ABONNEMENTS :

PARIS		PROVINCE	
Un an	**8** fr.	Un an.	**9** fr.
Six mois.	**4**	Six mois.	**4 50**

UN NUMÉRO : **20** CENTIMES

ADMINISTRATION ET RÉDACTION

Avenue des Remises (en face la gare)

A SAINT-MAUR-DES-FOSSÉS (Seine)

BUREAU DE VENTE

CHEZ E. BICHERON, LIBRAIRIE DU CONSERVATOIRE

25, Rue du Faubourg-Poissonnière, 25

PARIS

IMPR. PAUL BOUSREZ

www.ingramcontent.com/pod-product-compliance
Ingram Content Group UK Ltd.
Pitfield, Milton Keynes, MK11 3LW, UK
UKHW020415230726
13925UKWH00004B/1450

9 782014 055962